名流詩叢 27

感應
Response

李魁賢台華英三語詩集

在坎坎坷坷的鄉野路上
與失群的螢逐一交會
讓失魂的螢回家吧
我們直直走向濕地
在此接班
繁殖詩的一點點激光
留給台灣

李魁賢（Lee Kuei-shien）◎ 著／譯

自序

　　詩是感應物，詩人從觀察世界物象，產生感應，心到意到，意義隨同意識萌發，意象自然呈現，不待強求搜索。因感動才產生回應，詩人藉詩創作，與物象對話，必然是對話形式，艾略特謂：「抒情詩是詩人的獨白」云云，我深不以為然，詩人之心應為開放系統，非封閉自塞也。

　　21世紀以還，有緣開啟國際詩交流活動，經歷印度、蒙古、古巴、智利、緬甸、孟加拉、馬其頓、祕魯等國，與台灣詩人朋友攜手，為台灣詩打開世界空間，創造「台灣意象」略盡棉薄心力，感受頗深，應時而成詩篇，正可留下心影歷程，提供反思觀照！

　　人生虛度80光陰，彈指而過！茲就近年所感所應，成詩所積，整理成冊，一則保留創作軌跡，就教方家，另則自我鞭策，不可鬆弛對詩藝追求初衷，一以貫之，庶幾無憾！

李魁賢誌

2017.06.19 八十初度

目次

台語篇

予馬奎斯

悼念馬奎斯
Gabriel García Márquez, 1927.03.06~2014.04.17

你講若家已不是作家

準若是恐怖份子

對人類的貢獻

恐驚會復較大

但是你敢無感覺做為作家

才是永遠的恐怖份子是否

會予獨裁者皮皮剉

予伊等的歷史定位變成惡霸

若是你去做警察

會使治一個惡霸

但是做為作家

會予政客永遠袂超生

2014.06.03

飼雞母狗仔

飼福壽螺
飼屎矣　放綞水田
害死台灣農作物

飼鱷魚
飼大矣　偷走溪圳
破壞台灣水域安全

飼化學恐龍
翕在路溝甚久　破嘴噴火
吞食偌濟高雄人生命家貨

飼變色龍

在黑水溝兩岸浮游

威脅台灣風雲變化

2014.08.05

龍蝦褪殼

在海底磊砢（loo koo）石祭壇

拆破自身

用淨水洗禮

拚命脫開舊身

奇巧頭殼險險斷去

首先擺脫困境

伸出多元龍蝦鬚天線

探測遠洋潮流消息

強力脫出全身

撣掉舊體制廢殼

據在伊綴水流

抑是在地囨到爛

全身新生命裝備

出發迎接海水衝擊

無數想欲升龍在天

干單堅守在地龍蝦聲望

進行轉變化身的

歷史祭典

2014.09.02

催淚彈

催淚彈

催毀人心的臭氣

連天也流目水矣

香港

舊時東方明珠

今晚黑天暗地

香港眾人舉起來

要求民主自由的手

手機一點一滴的星光

照出希望

上落尾

連催淚彈本身

都流目水矣

2014.09.29

萬聖節

今仔日我無需要日頭光

有妳倒在我的墓碑頂

特別溫暖

我偷偷伸手攬妳

攬著

一個日頭

身軀邊有許多（hiá ché）花童作伴

央望妳不可（thang）離開

陰陽之間

咱永遠連結湊陣

2014.10.31

台灣感恩節

咱祖先度過危險

咱祖先逃過苦難

咱祖先流過血汗

咱祖先抵過酷刑

咱祖先經過霜凍

咱祖先枵過腹肚

咱世代受烏雲罩頂

咱世代受吹風沃雨

咱世代受炎日曝乾

咱世代受惡人欺主

咱世代受獨裁疃（thún）踏

咱世代受拍死無賠

感謝上天賜予咱智慧

咱一代一代繼續耕耘

咱一代一代繼續播種

咱一代一代繼續抵抗

咱一代一代繼續學習

咱一代一代繼續成長

感謝上天　賜予咱智慧

2014.11.30

仰光印象

在仰光

兇霸霸的日頭

注刺仔花成（chhiâ-n）高高

成上九重天

蔭影下猶原是黑黑暗暗

金光佛塔四界金光閃閃

繼續在歷史中醉茫茫

予信徒裼赤跤夾坐土跤

有的自言自語

有的駛手機超越時空

解放家己

受軟禁的鳥

為著嚮望自由

平等自在的本質

由上暗的孔縫

仰頭等天光

2015.03.10　仰光

鳳凰花開時

在九月

我忍不住

為人唱當紅的歌

我知矣人

也會用共款熱情的言語

給社會一點矣好看的色彩

給悶悶的人間氣氛

燒出一個新節季

親像鳳凰家己火燒

不斷重新創造新生命

我注希望的花

展開高高高

照光天頂

帶給大家愛

無論是啥人

向我來

我就迎接伊

用詩

做為生命獻禮

2015.04.02

咱來去揣火金姑

咱循月光路

來去揣火金姑

在雜柴的黑影中

幽浮的火金姑

用冷冷的哀怨燈訊號

恍惚繪出

復較冷的228字形

有月色對照

心存一絲絲矣溫暖

有伴湊陣行

在坎坎坷坷的庄郊路

佮失群的火金姑相閃身

讓失魂的火金姑轉去

咱直直行到湳仔地

在茲接班

生傳詩的一點點火金

留予台灣

2015.05.01

桐花步道

落落來的桐花

在地面

鋪成一條銀河

傳說

人死了後變成一粒星

結群在天頂銀河

予後代人仰頭看

佟佟看地面銀河

點描生命最後美學

据在人疃（thún）踏

在高峰的樹頂

表現一生榮華了後

2015.05.05

吊在樹頂的傀儡

失去舞台

失去中央掌控的

一支手

集體散開吊在樹頂

一人一款

有兮耀武揚威

有兮見笑祕羞

一律白蒼蒼無血色

倖假仙假怪

予日曝

予風吹

四面玲瑯迣（se）

無方向可遵循

予遊客指指拄拄

据在人弄振動

遂無人欲買

2015.05.20

詩・生活・美

用詩結緣

獻出台灣情

以鳳凰花為名

顯示台南美

經過颱風大雨洗禮後

猶留落來紅葩葩的芯

高高舉在樹尾頂

做為詩海的燈塔

熱　燒著九月天

熱　燒著外國詩人的詩感

體驗台灣情　台南美

溫馨的和平之光

吸引五洲四海一心

實踐詩

是生活美的

高峰

2015.09.13

街頭鬧場

一隻黑狗佮一隻白狗

在透早街頭

包圍一隻花貓

花豹狸貓

貓胛脊骨弓起來

尾溜舉懸懸

像一支雞毛筅（chhéng）仔

兩隻狗進不是退嘛不是

向霧煞煞的天頂

吹狗螺恐嚇

因為透早出來運動的人

喝聲擋止

煩頭捭（iap）尾走開

等人行遠

復倒轉來表演

貓統無顫墨（chùn bun）

老神在在

恰如在坐禪

2015.11.20

樹屋

我在內部留空縫

予你攀牆入來

根釘落去固執石壁

從今以後無分開

榕樹

也堅持所佔空間

致蔭我的土地

永遠湊陣

歷史留落來

離離落落的記持

樹尾頂射落來的日頭

更加光燦燦

2016.01.19

獻花

1971年獨立戰爭

產生孟加拉

三百萬勇士血流落土地

英雄神魂予天頂見光明

獨立戰爭烈士紀念碑

永遠做歷史見證

我在1974年留落來

〈孟加拉悲歌〉詩做紀錄

親身到孟加拉頭一個行程

向獨立戰士獻花致敬

因為獨立是詩人共同語言

詩人公民的第一課

尖形碑高高高佮日月共光

四十外甲曠野予神魂優遊自在

我拍開無限的詩空間

釀造台灣獨立願望的酒槽

2016.02.08

校園渡鳥

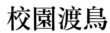

大學自然生態埤子

接受西伯利亞渡鳥

結群飛來

一批一批飛走

吸引大家來觀賞

留落來的影

在大學大欉榕樹跤

念我的詩〈留鳥〉

予愛護渡鳥的學生聽

在漸漸放空的埤子內

留落來恬寂寂（tiam chih chih）

開出一蕊一蕊紅蓮花

2016.02.08

滾笑孟加拉虎

室內在四界統是蚊子

揣機會吸血

有一隻伏在鏡面

愛帥家己照

啪！我大力拍死

一隻孟加拉虎

皆街路車涸淬淬

相爭在搶有限的空間

四輪三輪兩輪中間

行路人款款踆（nng）過

叭叭！對面衝過來

一群孟加拉虎

2016.02.08

達卡

汽車交叉向前衝

小隻計程車由正爿插入來

三輪手車由倒爿插入來

送貨犁子卡由正爿插

腳踏車由倒爿插

行路人插入快車道

像一支榫頭

交通馬上拍結卡住

行路人安全跋過

腳踏車向正爿闖出去

送貨犁子卡向倒爿闖出去

三輪手車向正爿斡

小隻計程車向倒爿斡

汽車繼續交叉向前衝

一秒鐘就拍開榫頭

街路交通無事故

2016.02.08

孟加拉紀念碑*

烈士紀念碑前

青年在歌唱和平

兒童在寫生比賽央望

導遊可汗奇怪我圓帽子頂

228徽章的設計

哀傷的紀念意義在國際並行

孟加拉獨立壯舉中

屠夫對穆斯林開殺戒的罪行

經過半世紀才判處死刑

遲到的正義

在孟加拉還是表現出實質正義

在我祖國台灣

正義猶不知欲安怎寫

烈士紀念廣場

日頭光燦燦

普照在美麗土地

孟加拉人的笑面頂

2016.02.21

*2013年2月28日，孟加拉穆斯林政黨領袖胡賽殷‧薩伊池（Delwar Hossain Sayeedi）被孟加拉國際犯罪法庭，以1971年獨立建國期間協助巴基斯坦政府軍所犯暴行、謀殺、虐待人民的罪名，宣判死刑。這項判決引起歡呼正義得到伸張的一方，俗支持薩伊池的另外一方相爭，致使首都達卡街頭暴動。

馬納瓜湖

十年前

在格瑞納達詩歌節

雨毛子火燒慶典城市

我無張持想起

達里奧的天頂

今年情人節

馬納瓜湖靜悄悄

情人統在輕聲細說醉茫茫

我忽然間遇到達里奧

繕劍　手提羽毛帽子

一身外交大禮服

企在花園中心

土地用帥花布置週圍

詩人穿便服偎湊陣

拱高在世界詩史頂面

在情人節即一工

我更加相信

詩是一世人上深的愛

詩人專情

是不會變心的情人

2016.02.15

獨立廣場

獨立廣場

彩色旗旛裝飾彩色廣場

彩色馬車裝飾彩色公園

彩色攤位裝飾彩色遊客

彩色房屋裝飾彩色街路

彩色教堂裝飾彩色天頂

歌舞者彩色服裝裝飾

尼加拉瓜彩色生活

連天星統俠（a-n）落來

斟酌聽詩人吐心聲

設想有一工

在台灣獨立廣場

詩人吟開創時代的詩

歌舞者活跳新時代的脈

彩色世紀會當裝飾

台灣不免復掩掩揜揜（ng ng iap iap）

全然現實的獨立廣場

2016.02.15

自由標售

標明自由的旗旛

自由逐風搖

在獨立廣場

我行過自由街

看到自由之家欲出賣

擔心自由

遂無地企起

自由之家失落

自由欲何去

自由無可自由

靠偎獨立廣場

自由佮獨立

敢無法度共存

該當的事誌

出現佮事實相反

自由未應得交易

自由是

生存的本質

不會使得標售

2016.02.15

在修道院吟詩

在隱世的修道院內

風吟詩予

躬身的椰子樹聽

有鳥子在唱歌謳樂

詩人用寫詩修行

隱居在世俗現實社會

但詩無隱世

熱烈介入庶民生活

詩人進入修道院吟詩

終歸會行出修道院

在修道院外

伭風相爭自由

像鳥子獨唱心聲

在自由的天跤下

孤椰子樹留在院內

習慣無言無語無振動

靜觀跤下面土地

2016.02.16

吟詩交流

你的語言

由意義變成聲音

我的語言

用聲音表達意義

無共款的語言

用無共款的聲音

交流意義

詩人的志業

運用無共款語言佮意義

追求共款的和平．

友誼．愛．理解

像五彩旗

逮風搖

共款的姿勢

2016.02.16

詩迎鬧熱

格瑞納達久久長長

世界久久長長

詩歌節變成迎鬧熱

停止破壞地球

詩關心嚴肅課題

挈領少年郎街頭跳舞

扛黑色棺材抗議

打扮魔鬼警戒

詩人呼籲停止環境污染

在挈頭車架子頂

用各種語言念詩喝咻

保護咱生存世界

格瑞納達久久長長

世界久久長長

詩歌節變成迎鬧熱

街頭街尾停站接手念詩

詩萬歲自由萬歲愛情萬歲

安靜古城

全員出動鬧熱滾滾

注二月空氣契到變成

熱天

2016.02.18

尼加拉瓜湖

棕樹在湖邊企做標兵

已經由青春

企到開始變黃

用乾葉搭的涼亭子跤

一家人抵在享受

日頭蔭影的下畫頓

湖面

一半被水蓮花掩蓋歷史

一半是鳥子陣由半空中

落落來的高山水影

小隻船子停在倒落樹箍邊

無人無牽索子

上蓋吵的是

火焰樹尾紅葩葩

上霸氣的是

拉丁美洲樂隊熱情鼓吹

由觀光台頂面欣賞湖景

唯一在啄龜的是

彼隻搖椅

2016.02.20

距離

詩祭杜潘芳格女士

美國佮台灣

空間距離是太平洋

因為妳轉來台灣祖國

消除了了

倷四十外冬來

歷史距離一點一滴累積

妳用大量日語佮客語

少寡華語佮台語

我用大量台語佮華語

少寡日語佮一句半字客語

對話距離無變

假若無存在溝通距離

妳一世人獻詩俗思考

迭迭思念主權俗語言復活

詩的快樂擋未牢人生哀愁

在睏夢中匆匆忙忙結束

妳我的生命距離

終歸會一步一腳印接近

2016.03.19

鹽酸草

鹽酸草在窗子口

注茄色花舉高高

對風搖搖擺擺

彼年在欲掠欲刣的氣氛中

頭一回行上街頭

在示威遊行時

由大樓玻璃窗後面

有看著在揖（iat）一條茄色手巾子

彼年五月的反抗事件

已經漸漸未記得

甚至無人復再提起

彼個人的面貌
永遠記在心肝頭

鹽酸草以堅強生命
不時在窗子口
重新播出彼當時的鏡頭

2016.05.01

五桂樓

在五桂樓

台灣千年檜（ひのき）芳味

感染我

台灣史芬多精

由景薰樓門口起

書芳、茨芳、台灣芳

創造未來歷史芳味

一路相揣入佳境

在五桂樓頭前

目神巡過虹橋

直通醉月亭

吟詩文人

佮迭迭駛目尾的演員

綴玉兔不知何去

人影若有若無

反映在風波水面

戲如人生

人生如戲

亭台即是戲台

長久記在心肝裡

2016.08.15

淡水雨濕濕

觀音山雨霧霧
天頂濕濕
詩一瞬一瞬落落來

由高高看捷運站
茨頂親像金色雞卵糕
是日頭落海的詩

平家樓仔茨尖茨頂
親像一堆一堆柑子色粟堆
是透早日出的詩

新砌的大樓

親像雜花五色的連續壁

是花糊糊的詩

打馬膠路

被車轆（kauh）過的傷痕

是烏面的詩

舉雨傘的手濕濕矣

佮心臟共款紅霓（ge）紅霓

是紅心的詩

上濕的是淡水河

淡水濕

予淡水變成詩的故鄉

2016.09.04

淡水鳳凰樹

淡水鳳凰樹

並南部復較艷

國際詩歌節帶來

詩美的享受

鳳凰再生

火燒並熱情復較熱

詩人是人間鳳凰

永遠留在淡水風華記持

淡水也會永遠留在
詩人熱情的心內底
在熱情的詩內底

2016.09.10

淡水舊茨

行過偌濟海岸　江湖
聽過海無數的吩咐
我轉來淡水故鄉　聽山　看山
在大屯山跤的舊茨石牆仔內
接受勇壯有力頭的溫暖相攬

我接待突尼西亞美女詩人赫迪雅
由非洲遠途過海洋來看我出生地
伊親切斟酌看我家族舊相片
一個一個問何一位是阿公、父母
兄弟姐妹，我得過佮未得過獎的資料
重翕轉去存檔案，親像家己人一款

人類起源在非洲

彼是人類共同的古早故鄉

我的祖先來到淡水

埋在大屯山跤，我在此出世

將來也是我最後安息的所在

赫迪雅欣羨我舊茨

在綠色環境享受超越俗氣的安靜

詩有未得可測量的連結魅力

台灣詩人朋友猶不知我的祕密基地

非洲美女詩人卻先一步來探看

我最後的企家已經留在伊的記持

2016.09.11

淡水夕陽

承受眾詩人欣賞眼光

不知要投射到

何一位特定的心靈

面遂紅

未記得該照顧

淺眠的觀音山

倒岸正岸

腳動手動心動的遊客

匿到雲幕後壁

忍未住不時探頭偷看

陸陸續續溫柔輕聲

寄託河面駛過的船傳達

啊　淡水夕陽

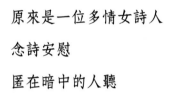

原來是一位多情女詩人

念詩安慰

匿在暗中的人聽

2016.09.13

淡水新景

吃水燒火炭的鐵路火車

變成窗子椅子清氣的觀光捷運

推風淋雨的三輪車

變成安穩的社區巴士

清閒自在的老街

變成鬧熱滾滾的市區

粗布衫褲的鎮民

變成穿紮漂魄的遊客

匿入去傳說中的馬偕

變成企到街頭的守護神

發到真菴的山林

變成學生追求夢的學堂

亂撢的糞掃堆

變成抵天的大樓鐵金剛

本地鄉土的味來香

變成皆條街相接的咖啡店

像盲腸的河邊

變成遊賞散步的愛情三線路

過河的撐渡船

變成彈琴唱歌的遊輪

拋荒野外的山坡地

變成氣氛爽快的藝文園區

每工共款該下班的日頭

變成人人相爭翕相的對象

一甲子進前離開家鄉的少年家

變成找不到時間轉接點的老人

2016.09.14

重生

人死過了後

就不會復死矣

我在科索沃體會這句話

經過一萬外人死亡的

滅族戰犯行為

兩萬婦人人被人強姦

我看到普里茲倫生活平靜

我問過念詩的阿爾巴尼亞演員

你等有怨恨塞爾維亞人否

喔！無

彼是塞爾維亞政府的罪惡

佮塞爾維亞人無關係

政客操弄的罪行已經被國際裁判

人民無辜

弱勢民族寬諒了強勢民族

平靜生活的市草

表示科索沃復活矣

強勢民族對弱勢民族有歹勢否

我想欲知也

2016.10.23

示威廣場

來自世界各地千千萬萬

阿爾巴尼亞人群眾示威的現場

今矣變成行路人專用區

救護阿爾巴尼亞人免受災難的

盧國華*以銅像英雄姿勢

企在街頭看著

科索沃人民的安靜生活

我向科索沃詩人探聽

示威活動時有念詩助威否

啊，詩竟然缺席

反抗威權的詩本質

在反抗威權現場無直接效用

抑是人民沒有感受著詩的力量

其實盧國華本身也是詩人

原來詩的能量

是在人的本質中轉化

展現出行動的力量

詩隱身存在於

非詩存在的領域

2016.10.23

*Ibrahim Rugova（1992~2006）擔任科
索沃首任總統，繼續領導科索沃行向
完全獨立，被人尊稱為科索沃共和國
國父。

獻予奈姆‧弗拉舍里

由太平洋台灣島嶼遠途

來到巴爾幹半島古國馬其頓

我分享你的榮耀

在你銅像前獻花致敬

瞻仰你詩人的文雅姿勢

你單獨反抗過一個帝國

你親手創建一個文明

你雙腳行出一條詩路

在秋天舒爽的泰托沃

我幾若遍來到你身軀邊

享受你不朽之身

反射一絲也溫暖日頭光

你目珠看遠遠

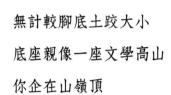

無計較腳底土跤大小
底座親像一座文學高山
你企在山嶺頂

2016.10.30

秋霧

由馬其頓往科索沃

彎彎曲曲的薩爾山路

濛霧逮車行

親像阿爾巴尼亞人奮鬥史

彎彎斡斡前進

我迭迭拭車窗

想欲看清楚霧中的真實

快速闖過的秋天楓樹

染成血跡的歷史拼圖

一徂（choa）日頭光射入

顯示藏在深林中的金黃

我感受到輝煌的詩

向我一直揖（iat）手

溜入去阿爾巴尼亞的心靈

2016.10.30

獨立鐘聲

三十年前在美國費城

看到劈裂的銅鐘

期待會當復再聽到

響亮的自由鐘聲

傳遍地球任何角頭

三十年後在科索沃

普里什蒂納大學

在獨立思想殿堂的圖書館

面對國際上已經具備

獨立人格的科索沃聽眾

看到苦難深刻的

面相皺紋皮質內含

獨立生活的自由自得自滿

我朗讀舊作〈費城獨立鐘〉

一面且（na）想

你的獨立到當時

才會在太平洋島上出現

2016.10.30

方向

原本在小小內心世界底

妳是我的唯一

我也是妳的唯一

帶妳行向開闊的外在世界後

妳對外關係以細胞分裂方式發展

人的交情倍數成長

我的存在就由1, 1/2, 1/4, 1/8, 1/16…縮小

心情更較是二次方脹大

我的位置由1, 1/2, 1/4, 1/16, 1/256

更較快速虛無

我驚慌的是

妳的存在佮份量是不是會相對

以倍數和二次方比例變化

終歸尾虛無到消失在太空中

我在黑暗中揣方向

到直是要繼續往太空發展

拍拚變為映目的天星

增加宇宙裡一點點也光

抑是倒轉來密室

顧住我是妳的唯一

妳猶是我的唯一

2017.03.17

安地斯山區

在安地斯山區

我看到小漢時莊郊

皆大片牧草佮野花

土漿攪草枝

砌茨做牆仔壁

糊牛屎巴

有的外面復糊石灰

蓋茅草茨頂

就安爾企起一世人

晚暝山區氣溫冷若冰

欲睏時穿兩雙襪子

蓋三領毯子

心內卻然燒烘烘

無需要起火爐

巴列霍就是我的火爐

2017.06.04

安地斯山日出

一尾金色大蛇

沿安地斯山脈崙頂

吐舌彎彎斡斡趨過

山區靜到連雞啼

統成鐘聲

通報金童巴列霍出世

135年前無人預料盛事

到旦吸引各國詩人

前來朝拜聖地

寒夜霜冷時間真長

人生短短

文學光焰每日

由安地斯山發射訊息

不管有人接收

或者無人體會

2017.06.16

柳葉黑野櫻

孤單的柳葉黑野櫻

獨立企在內庭裡

柳葉的形象

黑野櫻的品質

等待共同呼吸過

安地斯山自然空氣的巴列霍

一去歐羅巴不再回的巴列霍

留在文學史中的巴列霍

台灣詩人在柳葉蔭下

偎挺挺黑野櫻

呼喊：台灣福爾摩莎！

孤單的柳葉黑野櫻

遍布安地斯山的巴列霍

巴列霍、巴列霍、巴列霍⋯⋯

Capulí, Capulí, Capulí⋯⋯

2017.06.17

呼喚黑使者

巴列霍呀！巴列霍

我在聖地亞哥德丘科

你故鄉的象徵墓地

周圍各色花蕊人種

風吹無言見證下

朗讀你的詩〈黑使者〉

感動你為散赤人呼喚黑使者

有祕魯詩人聽到嚨喉淀

巴列霍呀！巴列霍

我在為我的祖國台灣

呼喚由空中飛來的黑使者

會當清除困境迷障

在國際間用家己名目

立天地之間無遺憾

巴列霍呀！巴列霍

2017.06.17

聖馬爾科斯大學

清幽校園迴廊

巴列霍的側面雕塑

在壁頂對著我

閃爍微微矣光

一百年前因為失戀失意

鬱悴離開的傷心地

繼續發出電磁雷射光

祕魯出世

一位散赤的巴列霍

有骨氣的詩人

遂創造一個國家的輝煌

在台灣學府校園

看不到迴廊

有台灣詩人的雕塑

在閃閃爍爍發光

2017.06.19

華語篇

給馬奎斯

悼念馬奎斯

Gabriel García Márquez, 1927.03.06~2014.04.17

你說如果自己不是作家

而是恐怖份子的話

對人類的貢獻

恐怕還比較大

可是你不以為作家

才是永遠的恐怖份子嗎

可以使獨裁者顫慄

使他們成就惡棍的歷史定位

如果你去當警察

可以懲治一位惡棍

但身為作家

可使政客萬劫不復

2014.06.03

養寵物

養福壽螺
養膩了　棄放農田
殘害台灣農作物

養鱷魚
養大了　逃到溪流
破壞台灣水域安全

養化學恐龍
悶在地溝久了　破口噴火
吞噬多少高雄人生命家產

養變色龍

在黑水溝兩岸浮游

威脅台灣風雲變幻

2014.08.05

龍蝦脫殼

在海底礁石祭壇

撕裂自身

以淨水洗禮

拚命掙開舊軀殼

崢嶸頭部幾乎斷首

先擺脫困境

伸出多元龍蝦鬚天線

探測遠洋潮流訊息

迅即奮力脫身而出

丟棄舊體制窠臼

任其隨波逐流

或在地腐爛

一身嶄新生命裝備

出發迎接海浪衝擊

不妄想升龍在天

堅守在地龍蝦聲望

執著蛻變轉化的

歷史祭典

2014.09.02

催淚彈

催淚彈

催毀心靈的臭氣

連天空也流淚了

香港

昔日東方明珠

今晚黑暗無光

香港眾人舉起

要求民主自由的手

手機點點星光

照亮著希望

最後
連催淚彈本身
都流淚了

2014.09.29

萬聖節

今天我不需要陽光

有妳躺在我的墓碑上

特別溫暖

我偷偷伸手抱妳

抱住

一個太陽

周圍有那些花童作伴

請妳不要離去

陰陽之間

讓我們永遠在一起

2014.10.31

台灣感恩節

我們祖先度過艱險

我們祖先逃過苦難

我們祖先流過血汗

我們祖先抵過酷刑

我們祖先經過嚴寒

我們祖先挨過飢餓

我們世代受烏雲籠罩

我們世代受冷風淒雨

我們世代受艷陽曝曬

我們世代受惡人欺凌

我們世代受鐵蹄踐踏

我們世代受慘殺不賠

感謝上天賜予我們智慧

我們一代一代繼續耕耘

我們一代一代繼續播種

我們一代一代繼續抵抗

我們一代一代繼續學習

我們一代一代繼續成長

感謝上天　賜予我們智慧

2014.11.30

仰光印象

在仰光

兇暴的陽光

高舉昂揚九重葛

上九重天

蔭下還是一片黑暗

金光佛塔到處輝煌

延續陶醉歷史中

讓信徒赤足趺坐地面

或喃喃自語

或馳騁手機超越時空

解放自己

囚禁的鳥

為了嚮往自由

平等自在的本質

從最暗的角落

仰望天光

2015.03.10　仰光

鳳凰花開時

在九月

我禁不住

為人民唱鮮紅的歌

我知道人民

會用共同熱情的言語

給社會一點顏色看

給低沉的人間氛圍

燃燒一個新季節

正像鳳凰浴火

不斷重造新生命

我把希望的花

綻開在高處

照亮天空

帶給大家愛

不論是誰

走向我

我就迎接誰

用詩

當做生命獻禮

2015.04.02

我們去找螢

我們循月光路

去找螢

在雜木的暗影中

幽浮的螢

以冷冷的哀怨燈語

恍惚描繪出

更冷的228字形

有月色對照

心存一絲絲溫暖

有伴同行

在坎坎坷坷的鄉野路上

與失群的螢逐一交會

讓失魂的螢回家吧

我們直直走向濕地

在此接班

繁殖詩的一點點激光

留給台灣

2015.05.01

桐花步道

飄落的桐花

在地面

鋪成一條銀河

傳說

人死後化成一顆星

群聚天上銀河

供後人仰望

俯視地面銀河

點描生命最後美學

隨便人踐踏

在顛峰的樹冠

表現一生榮華之後

2015.05.05

吊在樹上的傀儡

失去舞台

失去中央掌控的

一隻手

集體零落吊在樹上

各有扮相

或耀武揚威

或含羞默默

一律蒼白無血色

剩下裝模作樣

任日曬

任風吹

四面玲瓏

毫無方向可循

讓遊客指指點點

隨意撥弄

竟然無人收買

2015.05.20

詩‧生活‧美

用詩結緣

呈獻台灣情

以鳳凰花為名

彰顯台南美

經過狂風暴雨洗禮後

仍留下火焰熾熱的芯

高擎在樹梢上

做為詩海的燈塔

熱　燃起九月天

熱　燃起異國詩人的詩緒

體驗台灣情　台南美

溫馨的和平之光

吸引五洲四海一心

實踐詩

是生活美的

極致

2015.09.13

街頭鬧場

一隻黑狗和一隻白狗

在清晨街頭

包圍一隻花貓

豹紋花貓

花貓沉著弓背

高舉尾巴

像一支雞毛撢子

兩隻狗舉足不定

向灰白天空

猛吠恐嚇

因早起運動的路人

出聲喝止

低頭夾尾跑開

等人走遠

又跑回來表演

貓不為所動

老神在在

彷彿在禪修

2015.11.20

樹屋

我在內部留下空隙

讓你翻牆進來

根植入固執石壁

從此不再分離

榕樹

也堅持佔有空間

遮蔭我的大地

永遠在一起

歷史留下

斑駁的記憶

樹頂射入的陽光

更加燦亮

2016.01.19

獻花

1971年獨立戰爭

誕生了孟加拉

三百萬勇士的血流入大地

英雄魂輝耀著天空

獨立戰爭烈士紀念碑

永留歷史見證

我在1974年留下

〈孟加拉悲歌〉詩紀錄

親臨孟加拉第一個行程

向獨立戰士獻花致敬

因為獨立是詩人共同語言

詩人公民的第一課

尖形碑高聳與日月同光

百英畝曠野容納神魂優遊

我敞開的無限詩空間

是台灣獨立願望的釀槽

2016.02.08

校園候鳥

大學自然生態池

容納西伯利亞候鳥

結群而來

一批一批飛走

吸引大家來觀賞

留下的影子

在大學榕樹華蓋下

為愛護候鳥的學生

朗誦我的詩〈留鳥〉

在逐漸放空的池內

留下來靜靜

綻開一朵朵紅蓮花

2016.02.08

戲擬孟加拉虎

室內到處是蚊子

尋機吸血

有一隻趴在鏡面

自戀自照

啪！我奮力打死

一隻孟加拉虎

街道上擠滿車輛

爭搶有限空間

四輪三輪兩輪間

行人悠然穿過

叭叭！迎面衝闖過來

一群孟加拉虎

2016.02.08

達卡

汽車交叉向前衝

迷你計程車從右邊插進來

人力三輪車從左邊插進來

送貨拉車從右邊插

腳踏車從左邊插

行人插進快車道

像一支卡榫

交通瞬間打結卡住了

行人安然穿越過去

腳踏車向右邊竄出去

送貨拉車向左邊竄出去

人力三輪車向右蛇行

迷你計程車向左蛇行

汽車繼續交叉前進

一秒鐘就解開卡榫

街道交通無事故

2016.02.08

孟加拉紀念碑*

烈士紀念碑前

青年在歌唱和平

幼童在寫生比賽憧憬

導遊可汗訝異我圓帽上

228徽章的設計

哀傷的紀念意義在異國並行

孟加拉獨立壯舉中

屠夫殺戮穆斯林的犯行

經半世紀才判處死刑

遲來的正義

在孟加拉還是呈現實質正義

在我祖國台灣

正義還不知如何書寫

烈士紀念廣場

陽光燦爛

普照在亮麗大地

孟加拉人的笑臉上

2016.02.21

*2013年2月28日，孟加拉穆斯林政黨領袖胡賽殷‧薩葉迪（Delwar Hossain Sayeedi）被孟加拉國際犯罪法庭，以1971年獨立建國期間協助巴基斯坦政府軍犯下強暴、謀殺、虐待人民的罪行，宣判死刑。這項判決引起歡呼正義得到伸張的一方，與支持薩葉迪的另一方相爭，導致首都達卡街頭暴動。

馬納瓜湖

十年前

在格瑞納達詩歌節

微雨燃燒慶典城市

我禁不住想到

達里奧的天空

今年情人節

馬納瓜湖靜悄悄

情人都沉湎在低語中

我猛然遇見達里奧

佩劍　手持羽飾帽

一身外交大禮服

站在花園中心

大地以鮮花布置週圍

詩人以便服常相左右

拱立在世界詩史上

在情人節這一天

我更確信

詩是一生最深的愛

詩人鍾情

是不渝的情人

2016.02.15

獨立廣場

獨立廣場上

彩色旗旛裝飾彩色廣場

彩色馬車裝飾彩色公園

彩色攤位裝飾彩色遊客

彩色房屋裝飾彩色街道

彩色教堂裝飾彩色天空

歌舞者彩色衣服裝飾

尼加拉瓜彩色生活

連天星都俯身

聆聽詩人傾訴心情

設想有一天

在台灣獨立廣場上

詩人吟誦創時代詩篇

歌舞者活躍新時代脈動

彩色世紀會裝飾

台灣不再虛擬

而是現實的獨立廣場

2016.02.15

自由標售

標誌自由的旗旛

自由隨風飄動

在獨立廣場

我走過自由街

看到自由之家要出售

擔心自由

會失去容身之所

自由之家不存

自由何處去

自由不再自由

毗鄰獨立廣場

自由與獨立

竟不能並存共榮嗎

應然的事

出現實然相違背

自由不能交易

自由是

生存的本質

不能標售

2016.02.15

在修道院吟詩

在隱逸的修道院內

風吟詩給

修長的椰子樹聽

有鳥在歌頌

詩人以寫詩修道

隱逸於世俗現實社會

但詩不隱逸

熱烈介入庶民生活

詩人進入修道院吟詩

終必走出修道院

在修道院外

與風爭自由

像鳥獨唱心聲

在自由的天空中

留下椰子樹在院內

習慣不言語不走動

靜觀腳下大地

2016.02.16

吟詩交流

你的語言

從意義化成聲音

我的語言

用聲音表達意義

不同的語言

以不同的聲音

交流意義

詩人的志業

運用不同語言和意義

追求同樣的和平·

友誼·愛·理解

像彩色繽紛的旗幟

隨風飄動

同樣的姿態

2016.02.16

詩嘉年華

格瑞納達長在

世界長在

詩歌節成為嘉年華

停止破壞地球

詩關心嚴肅課題

帶領年輕人街頭熱舞

抬黑棺抗議

扮魔鬼警惕

詩人呼籲停止環境污染

在先導車架台上

用各種語言念詩疾呼

保護我們生存世界

格瑞納達長在

世界長在

詩歌節成為嘉年華

穿梭街道停點接龍念詩

詩萬歲自由萬歲愛情萬歲

寧靜古城

所有人潮翻騰

把二月天空氣擠成

盛夏

2016.02.18

尼加拉瓜湖

棕櫚樹在湖畔站成標兵

已經從青春

站到開始泛黃

用枯葉搭蓋的涼亭篷下

一家人正享受

太陽餘蔭的午餐

湖面

一半被水蓮鋪蓋歷史

一半是群鳥從半空

遺落的遠山倒影

小舟停在倒木旁

無人無繫

最喧鬧的是

火焰樹梢的艷紅

最霸氣的是

拉美樂隊搖滾鼓動熱情

觀光台上俯瞰湖景

唯一假寐的是

那張搖椅

2016.02.20

距離

詩悼杜潘芳格女士

美國和台灣

空間距離是太平洋

因妳回歸台灣祖國

而消除了

剩下四十幾年來

歷史距離一點一滴累積

妳用大量日語和客語

少數華語和台語

我用大量台語和華語

少數日語和一句半字客語

對話距離不變

似乎不存在溝通距離

妳一生獻給詩和思考

念念不忘主權和語言復活

詩的喜樂抵不住人生哀愁

在睡夢中匆匆劃下句點

妳我的生命距離

終究會一步一腳印接近

2016.03.19

酢漿草

酢漿草在窗口

高舉紫色花

向風招搖

那年在肅殺氣氛裡

第一次走上街頭

在示威遊行中

從大樓窗玻璃後面

隱約揮著一條紫色手帕

那年五月的反抗事件

已漸漸淡忘

甚至無人再提起

那人的面容

永遠記在心裡

酢漿草以堅強生命

不時在窗口

重播當年的鏡頭

2016.05.01

五桂樓

在五桂樓

台灣千年檜木香

薰陶我

台灣史芬多精

從景薰樓門口起

書香、家香、台灣香

創造未來歷史芬芳

一路相隨入佳境

在五桂樓廊下

目光跨越紅橋

直登醉月亭

吟詩騷客

和頻送秋波的戲子

隨玉兔不知所終

人影若隱若現

反映在漣漪水面

戲如人生

人生如戲

亭台即戲台

長留記憶在心裡

2016.08.15

淡水雨濕詩

觀音山在雨霧中
天空濕了
詩紛紛落下來

俯瞰捷運站
屋頂像金色蛋糕
是夕陽的詩

民宅樓房尖頂
像一堆堆橘色稻穀
是旭出的詩

新建大樓

像雜色連續壁

是視覺模糊的詩

柏油路

被車輾過留下傷痕

是黑臉的詩

拿傘的手濕了

和心臟同樣殷紅

是紅心的詩

最濕/詩的是淡水河

淡水濕

成就淡水詩故鄉

2016.09.04

淡水鳳凰木

淡水鳳凰木

比南國更燦爛

國際詩歌節帶來

詩美的饗宴

鳳凰再生

燃燒比熱情更熱

詩人是人中鳳凰

會永存淡水風華記憶

淡水也會永存

在詩人燃燒的心中

在燃燒的詩中

2016.09.10

淡水故居

走過多少海岸　江河　湖泊

聽完海無數的叮嚀

我回到淡水故鄉　聽山　看山

在大屯山腳下的故居石牆子內

接受雄壯有力的溫馨擁抱

我接待突尼西亞美女詩人赫迪雅

從非洲遠渡重洋來看我出生地

她親切端詳我家族老照片

逐一詢問哪一位是祖父、父母

兄弟姐妹，我已獲未獲的獎譽資料

翻拍回去存檔，像是家人一般

人類起源在非洲

那是人類共同的最早故鄉

我的祖先來到淡水

埋在大屯山下，我在此出生

也將是我最後安息的地方

赫迪雅羨慕我故居

在綠色懷抱裡享有超俗的寧靜

詩有無可丈量的連結魅力

台灣詩人朋友還不知道我的祕密基地

非洲美女詩人卻搶先來探密

我最後的住家已留在她的記憶

2016.09.11

淡水夕陽

承受詩人們讚賞眼光

不知要投射到

哪一位特定的心靈

紅了臉

忘了要照顧

淺眠的觀音山

左岸右岸

腳動手動心動的遊客

躲到雲幕後

忍不住時時露臉偷窺

斷續輕柔的聲音

託河上滑行的小船傳達

啊　淡水夕陽

原來是一位多情女詩人

念詩撫慰

躲在暗中的人聽

2016.09.13

淡水新景

吃水燒媒的鐵路火車

變成窗明椅淨的觀光捷運

迎風接雨的三輪車

變成安穩的社區巴士

悠閒自在的老街

變成熱絡擁擠的鬧區

粗布衣裝的鎮民

變成鮮麗服飾的遊客

躲進傳說中的馬偕

變成站到街頭的守護神

茂密陰沉的山林

變成學生追夢的殿堂

雜亂的垃圾堆

變成擎天巨廈的鐵金剛

本地鄉土的味來香

變成沿街接龍的咖啡店

盲腸般的河邊

變成遊賞散心的情人步道

渡河的舢舨小船

變成笙歌歡唱的遊輪

荒郊野地的山坡

變成清新氣息的藝文園區

天天作息如常的夕陽

變成人人爭相拍攝的偶像

一甲子前離鄉的遊子

變成找不到時間轉接點的老人

2016.09.14

重生

人死過後

就不會再死了

我在科索沃體會這句話

遭遇過一萬多人死亡的

滅族戰犯行為

兩萬婦女被強暴

我看到普里茲倫生活平靜

詢問念詩的阿爾巴尼亞演員

你們痛恨塞爾維亞人嗎

喔！不

那是塞爾維亞政府的罪惡

與塞爾維亞人無關

政客操弄的犯行已被國際裁判

人民無辜

弱勢民族寬恕了強勢民族

平靜生活的市街

顯示科索沃復活了

強勢民族對弱勢民族歉疚嗎

我想知道

2016.10.23

示威廣場

來自世界各地成千上萬

阿爾巴尼亞人群眾示威的現場

如今成為休閒徒步區

拯救阿爾巴尼亞人浩劫的

盧國華*以銅像英姿

轟立在街頭俯瞰

科索沃人民的安靜生活

我向科索沃詩人打聽

示威活動時有念詩助威嗎

啊，詩竟然缺席了

反抗威權的詩本質

在反抗威權現場沒有直接效用

還是人民沒有感受詩的力量

其實盧國華本身也是詩人

原來詩的能量

是在人的本質中轉化

展現出行動的力量

詩隱身存在於

非詩存在的領域

2016.10.23

*Ibrahim Rugova於1992~2006年擔任科
索沃首任總統，繼續領導科索沃走
向完全獨立，被尊為科索沃共和國
國父。

獻給奈姆・弗拉舍里

遠從太平洋台灣島嶼

來到巴爾幹半島古國馬其頓

我分享你的榮耀

在你銅像前獻花致敬

瞻仰你詩人的文雅姿勢

你獨自反抗過一個帝國

你親手創建一個文明

你雙腳踏出一條詩路

在秋意爽朗的泰托沃

我三番兩次到你身邊

沐浴你不朽之身

反射的幾許溫煦陽光

你眼望遠方

不在乎腳下幅地

底座像一座文學高山

你矗立在巔峰上

2016.10.30

秋霧

從馬其頓往科索沃

崎嶇的薩爾山路

籠罩濃霧隨行

就像阿爾巴尼亞人奮鬥史

曲曲折折前進

我頻拭車窗

想看清霧中的真實

疾馳而過的秋楓

渲染血跡的歷史拼圖

一抹陽光射入

透顯深藏林中的金黃

我感受到輝煌的詩

向我頻頻招手

滑入阿爾巴尼亞的心靈

2016.10.30

獨立鐘聲

三十年前在美國費城

看到龜裂的銅鐘

期待能再聽到

宏亮的自由鐘聲

傳遍地球任何角落

三十年後在科索沃

普里什蒂納大學

在獨立思想殿堂的圖書館

面對國際上已享有

獨立人格的科索沃聽眾

看到苦難深刻的

顏面皺紋皮質內蘊

獨立生活的自由自得自滿

我朗讀舊作〈費城獨立鐘〉

一邊想著

你的獨立何時

才會在太平洋島上出現

2016.10.30

方向

原先在小小內心世界裡

妳是我的唯一

我也是妳的唯一

帶妳走向廣大的外在世界後

妳對外關係呈細胞分裂式發展

人際倍數成長

我的存在就由1, 1/2, 1/4, 1/8, 1/16…縮小

心情更是二次方膨脹

我的位置由1, 1/2, 1/4, 1/16, 1/256

更加快速虛無

我恐懼的是

妳的存在和份量會不會相對應

呈倍數和二次方比例變化

終至虛無到消失於太空

我在黑暗中摸索方向

究竟是要繼續往太空發展

努力成為亮眼的星星

增加宇宙裡一點點光芒

還是回到密室

守住我是妳的唯一

妳還是我的唯一

2017.03.17

安地斯山區

在安地斯山區

我看到童年原鄉

遍地牧草與野花

泥漿攪拌草枝

砌造房子牆壁

塗上牛屎巴

或者再外塗石灰

加蓋茅草屋頂

就此安身立命

夜裡山區氣溫冰冷

入睡時穿兩雙襪子

蓋三條毛毯

心依然暖和

不需添加火爐

巴列霍就是我的火爐

2017.06.04

安地斯山日出

一條金色蟒蛇

沿安地斯山脈稜線

蜿蜒匍匐吐信

山區靜到連雞鳴

都像鐘聲

通報金童巴列霍誕生

135年前無人預知盛事

如今吸引眾國詩人

前來朝拜聖地

寒夜霜冷時間很長

人生苦短

文學光芒則每天

從安地斯山發射訊息

不管有人接收

或是無人領略

2017.06.16

柳葉黑野櫻

孤單的柳葉黑野櫻

獨立站在庭院裡

柳葉的形象

黑野櫻的品質

等待共同呼吸過

安地斯山自然空氣的巴列霍

一去歐羅巴不再回的巴列霍

留在文學史中的巴列霍

台灣詩人在柳葉蔭下

旁偎挺拔黑野櫻

呼喊：台灣福爾摩莎！

孤單的柳葉黑野櫻

遍布安地斯山的巴列霍

巴列霍、巴列霍、巴列霍……

Capulí, Capulí, Capulí……

2017.06.17

招喚黑使者

巴列霍呀！巴列霍

我在聖地亞哥德丘科

你故鄉的象徵墓地

周圍各色花卉人種

迎風無言見證下

朗讀你的詩〈黑使者〉

感動你為窮人招喚黑使者

有祕魯詩人為此哽咽

巴列霍呀！巴列霍

我在為我的祖國台灣

招喚破空而至的黑使者

能夠破除困境迷障

在國際間以自己名目

立天地之間而無憾

巴列霍呀！巴列霍

2017.06.17

聖馬爾科斯大學

幽幽校園迴廊

巴列霍的側臉雕塑

在牆壁上對著我

閃亮微光

百年前因失戀失意

黯然離別而去的傷心地

正繼續發出電磁激光

祕魯誕生

一位窮苦的巴列霍

硬骨的詩人

卻創造一個國家的輝煌

在台灣學府校園

看不到迴廊上

有台灣詩人的雕塑

在閃亮微光

2017.06.19

英語篇

Barcelona

Columbus

stood at the port of Barcelona

five hundred years ago

pointing to the direction of the ocean

It is the direction for sailing around the earth

for discovering the new continent

Five hundred years later

Columbus is still standing

at the port of Barcelona

pointing to the direction of the ocean

It is the direction for creating history and culture

for establishing independence and sovereignty

Barcelona

ah Barcelona

Columbus always points to the direction of the ocean

1993.06.13

Karnak Temple

Rows of pillars like jungle

guarding a temple

The sunshine projects on one side

other side without sunshine is the myth

The hieroglyphic symbols is deeply engraved into the

    pillars

as fast as every love story

into the history as earlier than the prehistory

although some have been stripped and some worn

Cornerstones, foundations, pylons, obelisks

all visible glories belong to Pharaoh

Even the people after thousands of years

rely on the blood and sweat of these ancestors to

flaunt

I wonder what attracts me to the temple ruins

is not the mystery of ancient Egyptian culture

rather the poems by the melancholy Bohemian poet

Rilke

how to express in chanting easy for farewell

1996.02.25 Luxor

Guernica

The creation of a painting was born

under the flames and smoke of war in whole city

stained with the flesh and blood of the broken human

    bodies

The creation of a painting aimed

to resist the monochrome political system by

    monochrome silence

to protest the sharp corruption of humanity by sharp

    mute

The creation of a painting was capable of

generating the metallic sounds of guns and artilleries

striking the bell of history

The creation of a painting was also able to

call hundreds of thousands of souls for welcoming

    back to homeland

attracting eyes of different colors of people long lasting

In front of the original authentic Guernica

I saw this painting occupying an entire wall in history

I heard the thundering shock exploded out of my

    inner heart

The creation of a painting urged me

rushing to confront it and hurriedly bowed passing

through

what was I looking for and what I escaped from

1998.02.03 Madrid

Song in Andalusia

The songs in Andalusia

are tasted with sunshine feeling

Sunshine, sunshine is coated with honey

The songs drift by Mediterranean's side

The grapes in Andalusia

are tasted with sunshine feeling

Sunshine, sunshine is coated with butter

The grapes spread over plain fields

The olives in Andalusia

are tasted with sunshine feeling

Sunshine, sunshine is coated with cheese

The olives pray to the sky by raising hands

The fogs in Andalusia

are tasted with sunshine feeling

Sunshine, sunshine is coated with plaster

The fogs block the unfamiliar hills

1998.02.07

The Terminal of Poetry

At the age of sixty, I thought about the death

began to look for endless journey

tried to seek poetry in journey

because poetry is the inevitable form of death

In other words, during the journey

I started desiring to die

in order to establish a style of death

because the style is the occasional achievement of

   death

In fact, at the age of sixteen initiating to create poetry

I began to step on the road toward the death

tried using poetry to pursue the glory of death

because poetry is the endless terminal of journey

In the Plaza de Cataluña

after the evening, breeze blew in Barcelona

the light was brightening to comb the hairs of fountain

Ah, the death was creating a brilliant history

The traveler has no terminal

but sometimes only takes a rest in a feast of beauty

However, after all, poetry sometimes comes to an end

that must be just the starting point of death

1998.02.08 Barcelona

Flaming Trees Are in Blossom

In September

I cannot resist

Singing a bright red song for people.

I gather people

Will use the common, impassioned language

To make it hot for society,

To kindle a new season

For the downcast human ambience, and

To resurrect constantly

As the phoenix bathes in flames.

I hold high the flower of hope

That will burst into light

To illuminate the sky

And afford people love.

Whoever

Comes forward,

I will greet

With poetry

As a token of life.

2015.04.02
Translated by Hsu Wen-hsiung

Poetry · Life · Beauty

A bond of serendipity with poetry

Presenting the love of Taiwan

In the name of Flame flower

Highlighting the beauty of Tainan

After the storm

It still remains the blazing glow of flower core

Highly raised on the treetops

As a lighthouse of poetry

Ignites the days of September

And stirs up the sentiment of the foreign poets

Experiencing the love of Taiwan and the beauty of
    Tainan

Warm and fragrant the light of peace

Attract the whole as one world

The practice of poetry

Is the extreme of

Life beauty

2015.09.13
Translated by Catherine Yen

Flowers Offering

New Bangladesh was born

during the independence war in 1971,

three millions soldiers bled into the land,

their heroic souls brighten the sky.

The National Martyr's Memorial

has been maintaining the historical witness.

I maintain the poem "The Elegy in Bangladesh"

written in 1974 as a document.

My first schedule arrived at Dhaka is

flowers offering to the national martyrs,

since the independence is a common language

in lesson one of the poet national.

The spire erects high shining with sun and moon,

one hundred acres of wilderness for the souls to

wander.

My boundless poetical open space

is a fermenter for willing of Taiwan Independence.

2016.02.08

Migratory Birds in Campus

The natural ecological lake in campus

accommodates migratory birds from Siberia

coming in flocks and

leaving one group after another group,

attracting the mass to watch

their shadows left behind.

Under the banyan canopy in the university

I recited my poem "Resident Bird"

for the migratory birds loving students.

In the lake gradually empty

a plurality of red lotus

is left behind silently.

2016.02.08

Parody on Bengal Tiger

The mosquitos are everywhere indoor

looking for opportunity to suck the blood.

There is one lying on the surface of a mirror

looking at itself in the mirror like a narcissist.

Clap! I hit it to death by force

a Bengal tiger.

On the street is crowded with vehicles

in competing the limited road space.

Among four, three and two wheels

the pedestrians pass through leisurely.

Roar! Rushing from the front is

a streak of Bengal tigers.

2016.02.08

Dhaka

The cars rush in cross forward.

Baby taxis intrude into from right side.

Tricycles intrude into from left side.

Rear carts come from right side.

Bicycles come from left side.

The pedestrians intrude into fast lane

like a lot of latches,

the traffic is locked in an instant.

The pedestrians safely pass through.

Bicycles rush out of right side.

Rear carts rush out of left side.

Tricycles wander toward right side.

Baby taxis wander toward left side.

The cars go on cross forward,

the latches are released in an instant

without traffic accident on the streets.

2016.02.08

Shaheed Minar*

In front of the Martyr Monument

the youths sing in praise of peace and

the children paint their vision in competition.

Our tour guide Khan surprises to find

the design of 228 badge on my bonnet,**

the sad memorable happenings in different states.

Half century after the liberation of Bangladesh

the butcher committed crime in murdering

    Moslems***

was eventually sentenced to death.

The belated justice represents

a substantial justice in Bangladesh.

In my home country Taiwan

how to write the justice is still unknown.

On Martyr Monument Square

sun shines brilliantly

distributed all over bright earth

over the smiling faces of Bengali people.

2016.02.21

*The Shaheed Minar (Martyr Monument) is a national monument in Dhaka, established to commemorate those killed by then East Pakistan government, in the event of Bengali Language Movement demonstrations of 1952.

**228 Incident, also known as February 28 Massacre, was an anti-government uprising in Taiwan, happened on Feb. 28, 1947.

***On 28 February 2013, the tribunal sentenced Delwar Hossain Sayeedi to death by hanging for two charges among the eight committed during the Liberation War of Bangladesh in 1971.

My Old Home at Tamsui

After travelling over various coasts, rivers and lakes

and listening to a numerous kind reminders,

I returned to my homeland, Tamsui, to listen and

watch the mountains,

from my old home surrounded by the stony walls at

Datun hillside,

accepting a powerful warm hug.

I received Tunisian beauty poetess Khedija Gadhoum

far from Africa across the ocean, coming to visit my

birthplace.

She is very kind to gaze at old picture of my family

asking one by one, who my grandfather, my parents

my brothers and sisters are; information about my
won and lost prizes
while remaking the photos for her file, just like a
member of my family.

Mankind originated from Africa
the common homeland of all human being.
My ancestors came to Tamsui and were buried
at Datun hillside, I was born here
and here too, will be also my final resting place.

Poetess Khedija Gadhoum appreciated my old home
where an extraordinary peace still resides in the green
embrace.

Poetry provides such an immeasurable charming
    kinship

that even my secret not known by my Taiwanese poet
    friends,

until the African beauty poetess came first to explore
    the secret,

and my final resting place would remain in her
    memory.

2016.09.11

Rebirth

After death

one will not be dead

I understood these words in Kosovo

Suffered more than ten thousand dead

the act of genocide

and twenty thousand women raped

I saw Prizren living in peace

I asked Albanian actor who read poetry for us

Do your people hate the Serbs?

Oh! no

that is the evil of the Serbian Government

nothing to do with the Serbs

Politicians have been convicted of international crimes

the people are innocent

Vulnerable people has condone strong nationalities

And the peaceful life of the city

has shown Kosovo's rebirth

But whether the great powers feel sorry to weak nations

I would like to know

2016.10.23

Demonstration Square

The site has been gathered with hundreds and thousands

Albanian from all over the world in demonstration

now becomes a leisure area of pedestrian precinct

The bronze statue of hero Ibrahim Rugova

who have saved the Albanian from the catastrophe

stands on the street with a great gesture overlooking

the peaceful life of the people of Kosovo

I am interesting to know whether there is poetry recital

during the demonstration to promote the atmosphere?

Ah, poetry was absent accidentally!

Whether poetry as the essence of anti-authoritarian

takes no direct effect in the site of resisting authoritarian

or the people do not perceive the power of poetry?

As a matter of fact, Rugova himself is a poet too

Essentially, the energy of the poetry

has been transformed into the essence of human being

displaying the power in action

Poetry does invisibly present in

poetry absent event

2016.10.23

Dedicated to Naim Frashëri

Far from island Taiwan in the Pacific Ocean

I come to Macedonia the ancient country in Balkan

    peninsula

to share your glory

to lay tribute flowers in front of your statue

to pay my respect to your elegant posture as a great poet

You have independently revolted against an empire

You personally created a civilization

You stepped out a great poetry road

In Tetovo under convenient autumn atmosphere

I come to your side again and again

bathing in warm sunshine reflected from

your immortal body

You always look far away

do not care about the small site underfoot

The base is like a high mountain in literature

on its peak you stand

2016.10.30

Autumn Fog

From Macedonia to Kosovo

on the rugged mountain road

accompanied with enveloping thick fog

just like the Albanian struggle history

meandering forward

I wiped the window repeatedly

trying to find the truth among the fog

The galloping autumn maples outside

were rendering the historical puzzle of blood

A beam of sunshine projected into deep forest

revealing the golden matters hidden behind

I perceived the glorious poetry

waving to me frequently

sliding me into the Albanian souls

2016.10.30

The Bell of Independence

In Philadelphia thirty years ago

when I saw the bronze bell cracked

I expected to hear again

a loud, free bell sound

spreading all over the world in every corner

Thirty years later in Kosovo

at University of Pristina

in the library as independent thinking hall

facing the audience of Kosovo people

already enjoyed international independent personality

I saw the wrinkles engraved on the faces

once suffered from conflict

now satisfied with the free living of independence

I recited my poem "Independence Bell in Philadelphia"

while thinking

when your independence

will appear on the Pacific island

2016.10.30

Andes Mountains

In Andes mountains

I review my childhood in Taiwan

the meadows and wildflowers all over

the house walls bult by

muds mixd with straws

coated with cow feces

or overcoated with lime

covered with thatches on the roofs

to settle down a family.

At night the mountain atmosphere is so cold

to wear two pairs of socks and

to cover three blankets when asleep

yet the heart remains warm

without need to have a stove

since Vallejo is my stove.

2017.06.04

Andes Sunrise

A golden python

creeps meandering

along the ridge of the Andes.

The highland village was so quiet

even the cock crows like a tower bell

to announce the birth of the golden boy Vallejo.

No one predicted this big event 135 years ago

now attracts the world-wide poets

proceeding a pilgrimage to the Holy Land.

Frosty cold night is too long

yet life is too short.

Literary glow radiates every day

the message from the Andes,

no matter whether someone receives it

or no one appreciates that.

2017.06.16

Wild Black Cherry

A lonely wild black cherry tree

standiung indepednently in the courtyard

with the image of willow leave

and the quality of wild black cherry

waites for Vallejo who has breathed

Andean natural air in common

then went to Europe without return

left his name in the history of literature.

Taiwanese poets are under the shade of willow

next to the erect standing black cherry tree

roaring: Taiwan! Formosa!

The lonely wild black cherry trees

spread all over the Andes mountains

Vallejo, Vallejo, Vallejo...

Capulí, Capulí, Capulí...

2017.06.16

Summoning Black Heralds

Vallejo! O Vallejo!

I am in your hometown Santiago de Chuco

at your symbolic graveyard

surrounded by colorful flowers

reading your poem "The Black Heralds"

upwind in the presence of silent witnesses.

There are Peruvian poets choked with sobs

touched by you in summoning black heralds for the

    poor.

Vallejo! O Vallejo!

I am summoning black heralds from the heaven

for the sake of my fatherland Taiwan

capable to get rid of the dilemma trouble

tangling our own real name internationally,

let us exist between heaven and earth without regret.

Vallejo! O Vallejo!

2017.06.17

University of San Marcos

In gloomy campus corridor

the silhoutte sculpture of Vallejo

on the wall reflects a faint shine

toward me.

A hundred years ago because of lovelorn frustration

he went away from the sad place

where continue to emit electromagnetic laser.

In Peru there was born

a poor Vallejo

who as a backboned poet

has created the big glory of a country.

In school campus of Taiwan

no sculpture of Taiwanese poet

can be seen in the corridor

to reflect a gloomy shine.

2017.06.19

語言文學類　PG1882　名流詩叢27

感應 Response
——李魁賢台華英三語詩集

作　　者 / 李魁賢（Lee Kuei-shien）
譯　　者 / 李魁賢（Lee Kuei-shien）
責任編輯 / 林昕平
圖文排版 / 周妤靜
封面設計 / 蔡瑋筠

發 行 人 / 宋政坤
法律顧問 / 毛國樑　律師
出版發行 / 秀威資訊科技股份有限公司
　　　　　114台北市內湖區瑞光路76巷65號1樓
　　　　　電話：+886-2-2796-3638　傳真：+886-2-2796-1377
　　　　　http://www.showwe.com.tw
劃撥帳號 / 19563868　戶名：秀威資訊科技股份有限公司
　　　　　讀者服務信箱：service@showwe.com.tw
展售門市 / 國家書店（松江門市）
　　　　　104台北市中山區松江路209號1樓
　　　　　電話：+886-2-2518-0207　傳真：+886-2-2518-0778
網路訂購 / 秀威網路書店：http://store.showwe.tw
　　　　　國家網路書店：http://www.govbooks.com.tw

2018年1月　BOD一版
定價：300元
版權所有　翻印必究
本書如有缺頁、破損或裝訂錯誤，請寄回更換

國家圖書館出版品預行編目

感應 Response：李魁賢台華英三語詩集 / 李魁
　賢（Lee Kuei-shien）著；李魁賢（Lee Kuei-
　shien）譯. -- 一版. -- 臺北市：秀威資訊科技,
　2018.01
　　面；　公分. -- (語言文學類；PG1882)(名流
詩叢；27)
　BOD版
　ISBN 978-986-326-482-8(平裝)

851.486　　　　　　　　　　　　　106018295

讀 者 回 函 卡

感謝您購買本書，為提升服務品質，請填妥以下資料，將讀者回函卡直接寄回或傳真本公司，收到您的寶貴意見後，我們會收藏記錄及檢討，謝謝！

如您需要了解本公司最新出版書目、購書優惠或企劃活動，歡迎您上網查詢或下載相關資料：http:// www.showwe.com.tw

您購買的書名：＿＿＿＿＿＿＿＿＿＿＿＿＿＿＿＿＿＿＿＿＿

出生日期：＿＿＿＿＿年＿＿＿＿＿月＿＿＿＿＿日

學歷：□高中 (含) 以下　　□大專　　□研究所 (含) 以上

職業：□製造業　□金融業　□資訊業　□軍警　□傳播業　□自由業
　　　□服務業　□公務員　□教職　　□學生　□家管　　□其它＿＿＿＿

購書地點：□網路書店　□實體書店　□書展　□郵購　□贈閱　□其他

您從何得知本書的消息？

□網路書店　□實體書店　□網路搜尋　□電子報　□書訊　□雜誌

□傳播媒體　□親友推薦　□網站推薦　□部落格　□其他＿＿＿＿＿＿

您對本書的評價：(請填代號　1.非常滿意　2.滿意　3.尚可　4.再改進)

　封面設計＿＿＿　版面編排＿＿＿　內容＿＿＿　文／譯筆＿＿＿　價格＿＿＿

讀完書後您覺得：

□很有收穫　□有收穫　□收穫不多　□沒收穫

對我們的建議：＿＿＿＿＿＿＿＿＿＿＿＿＿＿＿＿＿＿＿＿＿

＿＿＿＿＿＿＿＿＿＿＿＿＿＿＿＿＿＿＿＿＿＿＿＿＿＿＿＿

＿＿＿＿＿＿＿＿＿＿＿＿＿＿＿＿＿＿＿＿＿＿＿＿＿＿＿＿

＿＿＿＿＿＿＿＿＿＿＿＿＿＿＿＿＿＿＿＿＿＿＿＿＿＿＿＿

11466
台北市內湖區瑞光路 76 巷 65 號 1 樓

秀威資訊科技股份有限公司　　　收

BOD 數位出版事業部

....

（請沿線對折寄回，謝謝！）

姓　　名：＿＿＿＿＿＿＿＿＿　年齡：＿＿＿＿　性別：□女　□男

郵遞區號：□□□□□

地　　址：＿＿＿＿＿＿＿＿＿＿＿＿＿＿＿＿＿＿＿

聯絡電話：(日)＿＿＿＿＿＿＿＿＿　(夜)＿＿＿＿＿＿＿＿＿

E-mail：＿＿＿＿＿＿＿＿＿＿＿＿＿＿＿＿＿＿＿